反覆練習末日

王信益——著

推薦語

從信益的詩中可以看到許多顆柔軟的柿子，剝開時甜美的眼淚沾滿雙手。我們心裡有數自己曾是那個樣態，亦不可能復返。

——詩人　徐珮芬

他的詩很百變：上一首還讓你看盡世界的暗影，下一首便以言愛的天真和溫柔牽住你的手心。我喜歡他明白「你要自己回家／自己走回最黑暗的／自己的裡面」，也喜歡他形容「我們是夜色與檯燈之間／霧的關係」。相似的詞面經過他的調配和置換，便湧出了千變萬化的語境。我在這本詩集裡面看到末日、也看到載我來的那艘方舟。

——詩人　段戎

唐捐在洪春峰詩集《酒神賦》中的推薦語有一句：「當今詩潮在主題上以厭世為主腦」，王信益這本詩集第一首詩就題為〈厭世〉。這一代年輕詩人的內心，呼應前輩的觀點：「其實不是討厭這個世界／而是無法真正喜歡自己」。

小詩精煉，餘韻遼敻；中短詩細膩，意象翻新跌宕；組詩穿花蝴蝶，處處春意，處處深意；屢屢在「吹鼓吹詩論壇」被版主們置頂。作者觸手不僅僅探索，也叩問多變的世界，又反抱自身，反覆練習紛至沓來的末日。如同詩集同名組詩最後一節：「抱緊身上的刺／反覆練習末日」。這是作者第二本詩集，我們將可預期，王信益將給我們，每一本詩集都展現更立體更深邃的面貌。

——詩人　靈歌

生命中有些艱難的時刻，選項太少，分不清是自己顫抖，還是全世界都在搖晃。信益的詩宇宙，有最漫長的雨季，雨絲如刺，在冰和火的縫隙間，逡巡忖度，襲擊最柔軟處。那些發抖，以及夜闇裡的溫暖月光，我們盡全力遺忘的，有人把它們都哼成了歌。

——詩人　柯嘉智

究竟是多細膩的人，才能夠不斷寫出這樣的詩呢？

信益的文字一如既往地溫柔，但也讓人難過。他替你把痛都說出來了，儘管痛仍舊痛。但他靜靜地陪在你身邊，用他的文字跟你說：「嘿，我知道你痛，但我陪著你，我陪著你痛。」

——媒體業社畜、文字創作者　書宇（皿皿）

翻開詩稿時，我正在音樂廳外等待入席。等待這件事情本身是中性的，裡面，希望與絕望兼容，端看我們如何賦予意義。

曾經我也在錯誤的時間裡，練習等待，那段時間總感覺天很快黑，卻很難亮。即便如此，白晝仍會在正確的時間抵達，清晨的光線填滿房間只需要一瞬間，讀信益的詩也是這種感覺。

「漸漸學會如何在對的時間／播放合宜的音樂／終於可以精確掌握／每個音符落下的時間」——〈最近好嗎〉

希望這本書能讓也在等待的你感到安慰，無論你是否學會在對的時間，成為合宜的樣子。

——詩人　喃喃

讀信益的詩，仿佛經歷著從夢中逐漸甦醒的過程。這過程無需釋義，也不需指引，只是一扇扇詩門的接續打開，只是一個個夢境的延綿繼承。而當你終於闔上此書，猶疑地踏上彼岸的土壤，宮殿般的迷宮卻從你背後消失了。唯一留存的，是信益清澈映照著世界，水銀一般緩緩流淌的詩心。

——詩人　王嘉澤

如果你眷／倦於情傷，強迫症似地反覆雜揉現在與逝去的毛絮，這是縫補自己，再填充自己的過程，在失語裡詩語，在低頻裡尋找共鳴。

「有些人太容易受傷／只好努力鎖緊」

「我再也駝不住你／影子／的重量」
「我要你的心裡／都裝滿了／我不小心遺落的／心的碎片」
「以為就要擁有／全世界的幸福／但握得太緊的兩雙手／讓彼此都燙傷」
「抱緊身上的刺／反覆練習末日」

「溫柔的破碎」是信益詩的基調，他想「接住你每一個瀕危的呼吸」，「就算不撐傘／讓人受傷的也從來不是雨」。

還有什麼比愛情更讓人不得不的練習？

末日是可反覆破碎的容器。

——詩人　葉子鳥

信益只長我一歲，在瀏覽他的詩集時，非常流暢，彷彿觸摸著同時代人靈魂重疊的紋理。一九九八是千璽前，是世紀末，處於死亡和新生之間，前人的光韻已滅，而新媒體和形式如雨後春筍，我們常常感到世界異動的惶惑，這也是我讀信益詩的第一印象，意象間摻雜了奇險的物件，卻又如此親近人的內心。

如若在網上查詢信益的生日，會發現第一句即「他們是威權主義者」，這與我對信益的印象著實不符。但信益對自身的洞察、及追求詩藝的猛勁，使我從另一方面切入此話。他藉一顆柔軟又執著的詩心來控管這時代的病（生理或心理），不相信病會消失，只好以詩來抵禦。詩中於是經常出現令人敬畏的意志，虛無與堅毅產生了矛盾的統合——反覆練習末日。

——友人　蕭宇翔

從信益的詩裡，我們看見了一個自我世界的黑暗核心，詩裡以「暴雨的內核」、「病房」、「霧之林」、「雪地」、「死去的星球」、「洗衣機裡一塊破敗的布」等等名之，為了防止「所有事物相繼失去輪廓」，詩人用他抒情的筆調重塑，利用詩語將外部世界重構回來，儘管他說：「寫下再多的詩／生活依舊沒有變好」，但也是因為有這些詩，他懷裡揣著的那份「豐盛的微小的愛」，被讀他詩的人看見了。

——詩人　楊瀅靜

接近島嶼的時候　他在旋轉
為此——反覆練習
蓄積能量　為自己命名
——末日之前
以文字為風浪　意象為半徑
跟著山脈拔高　自己的氣候

——詩人　紀小樣

北島謂，詩與詩人的關係，是疼與傷口的關係，夜與守夜人之間的關係，而信益寫詩的姿態正宛如守夜，堅定地用自己掌紋裡的傷痕，把夜空擦亮。每個發生在日夢裡的遺憾，在他的詩中都能自我救贖，節制中飽含悠長的內在時延，每個切片都散發著木質調的溫暖，軟木塞連著內部濺越的點點星辰，波蕩著紅酒瓶口上的薄醺醉意。

矜持，謹小慎微，只在瓶口上縱任香氣。青春如他，才華洋溢而作風低調，想像力總不會偏馳日常秩序太遠，彷彿帶著小小潔癖。堅貞於生活，寫微熱的詩句，彷彿就是信守他與世界的祕密承諾方式——即使有時詩人似乎無能為力，卻在傾軋之間更見堅愛。反覆練習末日就是他的重生方式，溫柔，卻足以傾城。這是一本誠實清新，令我感動的詩集。

——詩人　劉曉頤

信益的文字有一種魅力，蘊涵著認真面對創作與閱讀的態度。例如〈眼睛〉以鹿與洞窟作為喻體，將心事與青苔作巧妙的連結，在他的作品裡，有光陰走過的痕跡，有心境的張裂，恰如〈擁抱〉「一隻銀狐落下的淚／旋轉成一座／潮濕的星系」，於憂愁的孔隙裡，有種溫暖感油然生起。

——詩人　趙文豪

王信益詩集的色調偏暗，像是生鏽的音符，哀傷地描繪這世界的模樣。我喜歡他文字中舉重若輕的暗示，那顯示出一種節制與惆悵。

——詩人　林餘佐

雖然柏拉圖要把詩人踢出共和國，但最終他看到了將詩人帶回共和國的必要。詩本身並非要是一種提取永恆真理的方法，而是一種通過主體的洞察，奮力去瞥見永恆真理。

在王信益的詩集《反覆練習末日》，他帶領讀者進入他的世界並且展示出他是如何試圖去瞥見永恆。他的文字呼應了與他人如何相處的嘗試，以及看到他自己在世界上的位置並且去超越這個內在的限制。在這個過程中，他發現了自由，而不管事實上他是什麼。王信益細膩且周延地鎔鑄了他的文字，顯露出他在世俗與永恆間擺盪中掙扎的真摯。

——長榮大學應用哲學系助理教授　Steven L. Marsh

信益出版的第二本詩集，是他走在詩人之路的上坡路段的足跡。信益成為我們風球詩社的成員之後，剛自印第一本詩集，我很訝異於信益創作的產量與質量，以及勇於自費出版，向周遭朋友分享自己詩集的熱情膽量。每月我們的南部讀詩會，讓我有更多機會讀到他的作品，那時他在讀詩會的作品已經與他的第一本詩集的風格以及詩語言略有不同。

後來更可以看出信益對於創作的認真執著、持續的創作焦慮、海綿般的吸收，反映在他的詩語言層層推進上，以致繽紛的鮮活的佳句百花綻放。而因為信益的溫文性格，所以他的詩句特別能營造抒情情調，溫柔文雅的詩口吻，即使他的詩作主題充滿厭世、末日、青年的孤獨、挫折感、疏離感……，對於世界這些種種的黑暗負面，他在以詩語言的對抗上，也並非是憤世嫉俗的指控批評反擊，而是一如信益溫柔內斂的氣質，以他良善的詩句療癒這個世界：

「止痛藥、消炎、抗生素，
學習溫柔擁抱世界，
倘若愛不了自己，
也沒有關係。」

祝福信益的第二本詩集，期待他的詩人之路大步而行邁向頂峰。

——詩人、風球詩社社長　廖亮羽

這次不再仰望燦爛光芒，只是想在黑暗中與你一起反覆練習末日，在詩裡優雅墜落。

——創作歌手　洪安妮

重複夢見末日情景的早晨，是這些文字讓我得以醒來，習慣這世界的不完美。幾個夜晚複述孤獨，濃縮冰冷的心在筆尖，一篇長而蔓延的思緒，沒有終點。我的腦海響起低音喇叭吹奏的長音，襯著回憶嗡嗡作響，在《反覆練習末日》一書的字裡行間，哼起一首悠長的詩歌。那是一份熟悉而透亮的悲傷，含在眼中，但絕不滴下的淚滴。若世界末日已註定來臨，需要好好道別的，是謝謝這些文字，曾因想念而來到世界上。

我希望中午12:00以前的太陽光，能照進他的房裡，能讓他聽見新世界的樂章，在大雨過後，望出窗外即是一片的綠，總會飄來一股清新的香；我希望能在午夜00:00抬頭望向黑夜，告訴她這裡有人正在想念，軟軟的、輕輕的，如妳正打開這封信，閱讀詩篇時，有海浪的聲音。

——創作歌手　柯泯薰

不時會在網路上看到信益的詩，他往往能用奇異的想像力延展情境，又適時以洞察的慧眼逼迫現實，留下警句，彷彿一支穿越了不同次元的利箭，射進這個時代的抒情迷霧中。這本詩集一樣是憂鬱的、厭世的，但它不是自語的、自殘的，它瑰麗、繁複，處處用心，承繼文字的脈絡與重量，鋪排種種長短高音。這本詩集是我期待已久的詩集。

——詩人　郭哲佑

初識信益，是在阿里山兩天一夜的營隊，拖著沉重行李廂，靦腆的他似乎趁我們不注意把月光與星光給帶下山，帶至他的作品。讀其詩，身體的感官被溫柔打開——金色和銀色發出碰撞聲響，笑臉如蜂蜜香甜、記憶帶有花香，連星系都可以是潮濕。

在還沒跟信益相擁前，當感受漸漸沉澱，不知覺間我已被詩，擁抱無限次。

——詩友　溫風燈

說實話，認識信益一段時間了，其實對於對方的詩風以及文筆都不曾很認真的檢閱過，直到日前信益私訊了我，希望我能夠代筆推薦，於是點開了整本詩集的文檔。

不慢不快地讀完，第一個感想是困惑：要有多大的勇氣才能夠下定決心以自費的方式出版自己的詩集。來日方長，或許再活個幾年（信益本是已經被注意到的詩人）就能夠被出版社邀約，甚至在文學獎裡獲得佳績，出版屬於自己的一本詩集。

但無妨，看著信益的文字，滿滿都是他羞澀的個性，以及他節制的憂鬱，或許時而沉溺、時而呻吟，但這都是信益在生活中掙扎著想要繼續活著的方式。說實話我跟信益最大的不同之處，就是他有才華，我沒有，我們都在詩句中笨拙地愛人，但信益的愛更像是燈塔，或是秋日楓樹上的糖漿；我的簡陋，像是一處連日漏雨的暗室。同時感嘆道為何信益能夠寫出這樣的文字，我卻無法。

是這樣的，我會說，我們都還年輕，我們都急於用各種方式摧殘我們的生命：菸、酒，還有文學。文學就像是一種病，我們學會與他共處之後，就一生沒辦法根除這個惡疾，套用達瑞說過的一句話，或許有一天當你不再書寫之後，那才是真正的痊癒吧。

——詩人　宋柏穎

信益把每首詩都變成屬於自己的一個私密小房間，凝視內心深處的感情世界，讓我們看見一個年輕靈魂的創傷與悲痛。他在詩裡的自剖，是把傷口轉化成出口，獲得一次次精神的釋放。

——新加坡詩人　卡夫

詩，是唯一可信的事情

跟信益結緣，必然是因為「詩」。我們是臉友，但過往的溝通不算多。後來他邀請我寫推薦語，我遂有幸率先讀到信益的詩集，也是第一次認真地讀信益的詩。我認為，讀詩，就是認識詩人靈魂最可信之法。

我讀詩集，有一個奇怪的習慣，我喜歡先讀裡面的第一首和最後一首詩。我自己也是一個出詩集的人，排在第一、二首，顯然是特別和重要的，可謂詩集的基調。而信益選擇了以〈厭世〉起首：「其實不是討厭這個世界／而是無法真正喜歡自己」。真的，我讀信益的詩，真的不覺得他有多討厭這個世界。如果他是真厭世，我相信他的詩在取材上就不會是現時詩集裡面的這些。我反而覺得信益是孤獨的，希望摸清自己、事物和愛情的輪廓。可惜，在探索的過程中，事與願違，難掩失落。所以他在〈顫抖〉一詩中直言：「我覺得冷。」，而詩集名稱何以取名為《反覆練習末日》，原因顯而易見。而當中「棉被渴望擁抱很久了／茶葉畏縮自己／路燈沉默地倒下／我想拯救這城市／僅剩的光明」，可見信益有探索社會的心，只是這顆心還有待「發芽」。而置末的詩，他選擇了〈擁抱〉，這是組詩。最後一組：「擁抱陽光擁抱雪／擁抱羽毛擁抱霧」。我覺得這組完美演繹了詩集的主調。信益的詩，暗含著對生活美好的盼望，但同時蘊含對世界的一點失望。還有一組：「若你是森林／我願是月光」一句顯示信益希望以自己的詩去撫慰他人，即使他本身也承受著一定程度的孤獨。

詩集，是人生階段的一種美好載體，就如拍照，我相信這部詩集已拍下了多張美照，它詳細記錄了信益這一人生階段的生活和心理狀態。我一直覺得，寫詩，是一件超美好的事情，我衷心希望，信益將能繼續在寫詩的過程中摸清自己、認清社會、認清世界，感動自己，從而感動其他不同的人。我很喜歡他這一句詩：「讓心靜默成一顆溫柔的化石」。即使我們的身上長滿了刺，但我們必定要如信益所說，讓心靜默下來，以溫柔的力量去抗衡世間一切的荒謬。當世界變得太過荒謬時，我們仍然可以選擇相信詩，相信詩的輪廓，相信詩裡面所有的真誠。

——香港詩人、兼任講師　藍朗

同聲好評推薦

詩人　崎雲

詩人　林季鋼

推薦序一／看花與火擁抱

陳建男（臺灣大學中文系兼任助理教授）

青春的書寫多圍繞著情感，王信益的書寫充滿熾熱的情感與情感得失間的憂傷。

《反覆練習末日》書分三輯，第一輯由「我」獨舞情感世界，透過「我」的感官來感受，因此如〈眼睛〉所寫一見鍾情的單向情感，變成「誤入歧途的鹿」，「鹿」與「路」雙關，進退失據；〈所有事物相繼失去輪廓〉寫情感曖昧時，拿捏距離的無力感，「煞車燈是唯一／可信的事情」；〈顫抖〉則是第一輯當中情感最為強烈者，眼之所見、耳之所聞、身體所感，都是「佚失」、「丟棄」的，因此顫抖的身體反應從真實到不自覺，彷彿內化為生命的一部分。

第二輯則以「我們」來摹寫情感流動過程的種種失落感受，這些情感我認為從前一輯後兩首〈原諒我們的海灘無人能夠真正抵達〉、〈今日的雨雲很重〉一路綿延過來，逐漸滙流而成，這兩首技巧、情感都極為成熟的作品猶如序曲，拉開「我們」之歌。

〈我們是什麼關係〉詩中以腳印／雪地、冰塊／雨、天空／飛鳥等各種不確定、不穩定的喻象來談這段關係。表達情感往往不是輕而易舉，〈我們軟弱卻佯裝溫柔〉中的大霧與大雨，正是內心不知所措的表徵，天氣預報則象徵兩人關係的猜測或錯愛，因為經常失準，所以卻步不前，「而我還是一如往常地孤獨／一如往常地／不說愛你」，害怕再次失敗與受傷，不說之說，昭然若現。或者將情感的主導權交給對方，如〈時差〉所寫：「胸口微凸的隱刺／是你親手種植的秒針」，既點亮整座山頭，又親手捻熄火光，是何等自虐。

在詩集中，我格外留意關於星星的意象。〈無題1〉第三首小詩當中，溪邊的石頭對比天上的星星，愛與不愛不僅是境遇的天壤之別，不起眼的石頭與發光耀眼的星星相比，更是自身處境的隱喻。〈溫柔〉第二首小詩「當你垂落那頸後的銀河／星星是炫幻的餌」，刻寫髮的亮麗與著迷地觀看。而星體則是完整體現自我，〈我們是冬季裡的候鳥〉將自身比喻為「一顆乾枯的星球」，是靜止的，是宇宙中孤冷的存在。〈右邊的臉頰〉延續這樣的比喻，「我該如何向你詳訴／一顆星球蘊藏的生機／與潮濕的腐敗」，「蘊藏」二字毫不掩藏各種可能，即便「靠近或離開／都是一種傷害」。在羅智成《寶寶之書》第24首中，星星是愛情的象徵，我們曾擁有，也會失去，王信益的詩中，星星如仰望情感般的存在，也是身歷其中的感觸。

此外，〈十二月〉值得一讀，許多詩人如周夢蝶、凱洛・安・達菲（Carol Ann Duffy）、曹尼、李蘋芬等，都曾以「十二月」為題書寫，與「四月」一樣，都是具有豐富意涵的月份。詩的前二段以凝視「灰燼」、諦聽「喪鐘」作結，彷彿來到一年之盡頭，充滿蕭颯，生機盡無，然而詩人並不打算就此沉到谷底，末段讓火葉飛翔，振起情緒，「輪迴」二字隱然有浴火重生之意，整首詩充滿巧思。

雖然〈病房〉、〈病房之二〉、〈給我一瓶酒再給我一支菸〉等詩，憂傷的語氣居多，似乎必須一人去面對種種失落，「自己走回最黑暗的／自己的裡面」，但我們也看到救贖的可能，如〈溫柔〉詩中的兩次「願」語，最後說出「我會接住你」，〈擁抱〉詩中再次以三次「願」語面對失落的情感，那是昇華的、褪去哀戚怨懟的力量。在青春的年歲，情感的萌動、靠近、試探、失落、封閉，都無疑是最美的經歷，但受傷也能很快癒合，是青春的恩賜，所以，如〈今日的雨雲很重〉所寫：「直到厚重的雨雲／都開展成滿山／溫暖的花海」，讓詩成為溫暖的力量。

推薦序二／火的心事・碎成青苔

陳政彥（《吹鼓吹詩論壇》主編、嘉義大學中文系副教授）

看完全部的詩作，某些字句成功觸擊了內心深處。那不完全來自信益的詩藝。若嚴苛地審視，轉折語法的手法，或者挑選意象的精準度都還未臻無懈可擊的純熟。但這仍是一本讓人有感覺的詩集，這對我來說才更珍貴。

我們可以看到《反覆練習末日》真誠地記錄詩人如何走過一段艱難的生命歷程，笨拙卻不斷努力著的姿態。故事的開始，時序是現在。詩人溫和而無害地生活著，看似平靜無波的日子，卻是詩人好不容易努力打造而成：

人群裡，我反覆練習每個人的口音
精確校準每個節拍、旋律與表情
漸漸學會如何在對的時間

播放合宜的音樂

——〈最近好嗎〉

在這本詩集裡，節制是顯目的關鍵詞，詩人一直想要裝作若無其事地融入周邊繁忙、歡快、吵雜的世界，那個每個人都大聲喧嘩自我主張，卻沒有人認真聆聽的日常生活中。詩人勉強地發出聲音發出光芒，不是為了彰顯自己，只是為了讓自己看起來不那麼不一樣：

節制地收束一陣
措手不及的雨勢
用破舊的燈泡
假裝自己放晴

——〈顫抖〉

但是當喧囂的生活，如外衣褪去，裸出沒有掩飾的內裡：「你要自己回家／自己走回最黑暗的／自己的裡面」。孤單而沉默的詩人隻身行走，不知道目標也不確定方向，令人暈眩的抑鬱如永夜縈繞。

在暗夜來臨之前，勢必是日光的美好。就像交響樂的第一樂章往往是振奮人心的快板奏鳴曲式。那些最初就令人迷醉的時刻，曾如此大規模地影響了人們接下來活著的樣貌，前行的方向：

想起生命裡
最快樂的日子
想起你
蜂蜜的笑臉，想起
你小雨點點的羞怯

——〈今日的雨雲很重〉

但就像夜晚必然銜接於美麗黃昏之後，或者如古今詩人一同歌頌過，感情降臨時之美好與關係破滅後之哀愁：

相戀時我們
綿密如雨的叮嚀
敲響著彼此
靜好的日常
但棉花糖融了就是融了
你那裡的天空
還有雲在逗留嗎？

——〈無題2〉

在詩中詩人不只一次地叩問自己各種可能性，倘若、也許、如果，文字裡的假設性想像導向了各種平行時空，但相對論只是學者難解的喃喃自語，抑鬱卻是如是附身黏體的存在。

即使如此，最終詩人終於找出了跟抑鬱、跟自己的相處之道。最具象將這種體悟寫出來的是〈黑狗〉一詩。過往的別離傷痛、人世間的醜惡傾軋總是揮之不去，像豢養的黑狗，忠誠地守候在身旁，叫人厭惡牠的不離不棄。但故事的最後，詩人理解了這些醜惡與別離，自有其存在的意義，而後他擁抱了牠，事實上也擁抱了耽溺悲傷的自己：

像一個脆弱的嬰兒，
我把他放在手心裡，
輕輕撫摸他那深邃如宇宙的身體。
那是我第一次真心擁抱他。

——〈黑狗〉

在詩集當中，很喜歡這句「火的心事／碎成青苔」感覺就像總括了信益詩中想講的一切。總是讓人想起宮崎駿《魔法公主》最後一幕的畫面。當痛苦如斯大規模地毀滅世界，幾乎焚燒了觸目所及的萬物，總有一點啟示，一點救贖能停止末日。而後綠色的苔蘚將從焦黑的地表中最早長出，溫柔包覆著看似無法修復的土地。還不急著長回原本茂密的森林，也不急著重建文明的繁榮。此刻先讓苔蘚靜靜含著水滴，裹著劫後的世界。

想來這片刻的停留，就是讀信益詩作之後最觸動我的時刻。

目次

輯二　星球潮汐

輯三　深淵甦醒

反覆練習末日
目次

輯一

末日海灘

厭世

其實不是討厭這個世界
而是無法真正喜歡自己

憂鬱症

水氣濕重的梅雨季節
那件晾在頂樓的黑色西裝
從沒有真正地乾過

眼睛

誤入歧途的鹿
失足跌落井底
許久無人造訪的洞窟
火的心事
碎成青苔

二十一

再也找不到
回家的路

心的外層是冰
裡層
爬滿灰色蟲子
焰火——
燒著枯枝

路是黑色的
裂縫之間
大霧

懷裡的果實
最終為何
都要腐爛

衣櫃裡的駱駝

他有一天忽然夢見自己死了

他看見黑色黏稠的鬼魅
他沒有愛人
他的肋骨裡有瘀青的蘋果
他無法愛身體裡混亂的颶風
他只好割破手臂裡的楓葉

秋天愈來愈深
他墜落的

時候想起
衣櫃裡的駱駝愛他很多年

喪禮

你參加自己的喪禮

你的喪禮：
典雅、簡樸、吝嗇
一如你生前給出的愛

你在喪禮上朗讀那首最珍愛的詩

白色的鳥墜成白色的浪
白花顫抖成雪
喪禮上，他們全都笑得燦爛

所有事物相繼失去輪廓

夜間公路大雨滂沱
煞車燈是唯一
可信的事情
遠光燈曖昧探量彼此的
距離。彷彿只要靠得更近
就能安然離開
暴雨的內核

下了交流道以後
我把車停泊在明亮的便利商店旁
突然就哭了起來

（除了這場雨勢
所有事物相繼失去輪廓）

十二月

一壺熱茶和捲菸
無以言雨的黃昏
霧裡。看花與火擁抱
與永恆無涉
——這灰燼的夜

季節的胎痕碾過
冬日小鎮的花園
冷的陽光

冷冷搖晃雪的
喪鐘。
一枚火葉
飛翔與飛翔的
輪迴

最近好嗎

關上房間的燈，黑暗裡
替陽台的仙人掌澆水
總是有些雨積壓在心裡
沒說出口的悲傷，後來
都長成了刺

你問我，最近好嗎
我不知道該如何回答你那些
還憂鬱不憂鬱的問題
人群裡，我反覆練習每個人的口音

精確校準每個節拍、旋律與表情
漸漸學會如何在對的時間
播放合宜的音樂
終於可以精確掌握
每個音符落下的時間

後來我也忘記自己
唱歌時的聲音，變得沉默
傷心的時候把雨都鎖進心裡
傷口潰爛時就以酒灌溉
夜晚終於降下
但我再也找不到一首
貼切的歌，甚至只是一行詩句

足以貼近自己
身體裡的鬼魅

「你問我，最近好嗎」

＊一切都好，只是
有時候離生活有點遠
有時候有點想死＊

＊出自宋尚緯〈一切都好〉

病房

時光是玻璃窗上失速的雨漬
透明、柔軟，憂傷如陰天
衰敗的陽光。

大雨稍稍停歇
鐵製的自己
故作堅強的外殼
藏有木質的溫暖

反覆練習末日

輯一　末日海灘

再也經不起日子
潮濕的腐蝕
碎屑落下如雨針
掌心在開攏以後
勇敢緊握那些
傷害自己的念頭

蜿蜒的血管淤塞
黑暗病房裡滲出的
影子，靜默抽長成樹
花開如危險的豔火

心門不時傳出悶響的音樂
不太確定是不是你來了

忍著暈眩我起身應門
門外只留下一張紙條：

「止痛藥、消炎、抗生素，
學習溫柔擁抱世界，
倘若愛不了自己，
也沒有關係。」

病房之二

病房。
壁癌的牆佈滿
雨漬的屍斑

窗簾漸次收攏
清晨的光線。
替陽台的植物澆水
如果它也熟稔語言
會對我說些什麼呢

隔壁病床
的影子
蒼白且
冷。
昨日黃昏
我們才緊擁過
彼此的掌紋

「時鐘，日曆，止痛劑」
我的呼吸正在
節慶的煙花盛開
對這世界恆有愛
我還有許多話想說……

給我一瓶酒再給我一支菸

給你一支菸
星花熄滅前
你就抽光
身體裡的菸絲
靜靜死去

給你酒
但不給你盛裝的容器
搖晃心裡的海

傷口湧出
浪的仙人掌

天這麼冷
沒有人會愛你
你要自己回家
自己走回最黑暗的
自己的裡面

註：「給我一瓶酒再給我一支菸」
出自於老王樂隊歌曲〈我還年輕　我還年輕〉
作詞人：張立長

顫抖

我覺得冷。

棉被渴望擁抱很久了
茶葉畏縮自己
路燈沉默地倒下
我想拯救這城市
僅剩的光明
但雪就要落下
雪就要落，雪
落下的時候

我的影子，我的
影子。會顫抖嗎

腳印疊著腳印
臉泥覆蓋著臉泥
我的影子比我誠實
比我更擅長愛
更勇於戰鬥
但我無法擁抱它

我把積木都收進抽屜裡
並且放棄掉一整座遊樂場
唱歌的時候收緊喉嚨
我想發出完美的聲音

所以把影子藏在靜脈裡
節制地去愛
節制地收束一陣
措手不及的雨勢
用破舊的燈泡
假裝自己放晴

天空墜下飛鳥
爐火裡的陰雲
佚失語言
一張巨大的黑色雪篷
無聲覆蓋我的眼瞼
終於我不再感覺冷
但我仍必須顫抖

直到我的影子丟棄我之前
我的嘴唇，我的
唇。必須不停不停地
顫抖。

深藍色的小象

一株火苗，終於
完全屈服於夜色
不再抵抗
祂吹熄自己
乖順地暗了下來

雨滴列隊穿越，夢
鋸齒狀的葉尖
遠方隱約流淌著
美妙的樂音

要學會按心不動
讓偏離的指針回歸
目光的正軌
讓每一束光回到自己
安全的掌心
世界如此安好
人人學會抑制渴望

雨滴排隊抽著號碼牌
售票口正販售一千萬張
經濟實惠的
夢的末日電影。
歡迎入場：
請牢記自己的編號

切勿幻想過多，中途
不可離開自己的崗位
世界就要恢復秩序

（散場以後
請在出口剪票
順便剪下
身上的翅膀）

彩虹學會說謊
俐落剪掉心上那些
繽紛的色彩
在很久很久以後
陽光燦爛的夢裡

默默地長成一株
渾圓而工整的樹

雨後的城市
人群是透明而軟的泥
積雨的窟窿，我看見
一隻深藍透亮的小象
趴睡在心上流淚
有沒有人能夠告訴我
該怎麼好好安慰他

夢遊

金屬色澤的
黃昏，籠罩雪地
軟銀的雪兔
眨了眨眼

他的瞳孔裡
閃動著一座
金箔的雕花宮殿

沿著火樹的梯子向上爬
黑血的生物對我露出
爽朗的，燦笑

人面獅身的戰士
正被烈火紋身，手裡
緊緊勒住一顆
新鮮心臟

海浪的幻鏡
對我伸出利爪
我感到恐懼
身體漸漸透明

像脫水的沙漠
渴望幻覺

天空是一隻巨大的
黑蝙蝠。被罩住的日子
軟而哀傷

——終於逃出城堡。
我沿著軟體動物的背脊來到
霧之林。盡是些死神的戰俘：
長毛象，翼手龍，劍齒虎
數以萬計被冰封的，星體

（遠處。一扇發光的門
誘惑我打開。遠處
遠處又一扇門
發光。發光的門
我打開，打開又是
發光的門。發光。的門）

青銅酒的清晨
雪地上盡是太陽
破裂的內臟

末日遺書

風扇透明的漩渦
葉片是死亡的側臉
單薄、戰慄如
帶傷的飛禽。

我害怕
深秋的樹影
無數次了
我嘗試過無數次

撕掉身上
軟爛的皮

年輪在哭泣。年輪
年輪卻在哭泣。
每一次的勇敢
都好痛好痛

但無論如何
活下去吧
我還想用
我那破掉的
嗓子。
唱到宇宙都聽見

好好活著吧
我陪你
我會陪你
我會陪你一起
我們一起唱到宇宙的盡頭
唱到
唱到這世界沒有末日

註：致敬　徐珮芬〈我會陪你一起活下去〉

裸

我們偽裝自己
在人群前穿上月光
好讓自己看起來
溫柔、有禮、友善
我們包裝
情緒和語言
試圖維持表面的和平

我們彆扭如蛇
讓毒液注入彼此夢裡

夢醒以後卻假裝
彼此不知情
大霧在眼前
而誰都不想讓霧散去

你看著鏡中
裸的自己
水霧緊咬著你的輪廓
濕氣沁入鏽蝕的鏡內
而暖意從耳鬢一路跌進
排水孔的漩渦。
散落的髮草與生活
糾結成巨大黑洞
心上的皮屑是星球

死去的星球
沒有人會在意

洗淨以後的浴室
熱氣像死亡的擁抱
裸裎相見
是一件危險的事
但仍要試著學會
擦乾身體
勇敢走出浴室
然後好好愛人

註：參觀高雄美術館〈裸：泰德美術館典藏大展〉以後所作

原諒我們的海灘無人能夠真正抵達

走無人的夜路
你撿拾路面
殘碎的月光
替枯朽的老樹裝飾
明亮的孤獨

顫抖的樹葉
都還醒著
星光靠你更近
掌紋裡的傷痕
把夜空擦得更亮

從前寫下的詩
是一場無歇的雨
你安靜如巷口的野貓
隱匿於時間的殘瓦
看憂傷如何在明媚的早晨
枯瘦成一根將熄的菸

原諒我們都忘了帶傘
原諒我們的傘只能是
憂傷與星光黏合而成的
原諒我們的海灘
沒有人能夠真正地抵達

今日的雨雲很重

今日的雨雲，很重
很重。不時在日常裡
想及死亡。
人群裡，假裝自己是霧
試圖掩飾雨雲背後
一隻隻自卑的灰鴿

無從訴說
那欲雨未雨的煩躁

在一個想毀滅自己的
夜晚。突然想起那些——

永不再見面的朋友
想起生命裡
最快樂的日子
想起你
蜂蜜的笑臉，想起
你小雨點點的羞怯

薄荷葉的清晨
提筆想寫一首彩虹的詩
（黑暗的我也能寫快樂的詩嗎）
但死亡的意志仍在頭頂，轟轟

炸響。我也只能
一再地回沖
記憶的茉莉花茶

直到寫下的詩
都漾著淺淺
淺淺傷感的芬芳
直到厚重的雨雲
都開展成滿山
溫暖的花海
直到想及童年
純真的笑與被愛
我便不再那麼執迷關於死亡的種種字眼了。

註：「突然想起那些——／／永不再見面的朋友」

出自於林婉瑜〈抱抱〉，「我只是想起了／永遠不再回到我身邊的朋友」

「蜂蜜的笑臉」出自於林婉瑜〈補習街〉，「看這城市蜂蜜的臉」

黑狗

日常裡的人群，有些人根本是鬼，
但他們與常人無異，
他們吃飯、睡覺、走路。

我經常秉燭夜遊，
一個人晃蕩到無人的街口，
思索著究竟鬼魅是我，
還是其實我是鬼魅的夢。

躲在輪胎底下的小白貓，以銳利的眼神，
訓斥了我一番：
「吃飽穿暖即是人生樂事，
生命應當優雅如我，
面對任意敲打的鐵器應一心如磐石。」

我沒有理會甚至有些不悅，
接著把星光吹滅，
在極黑極黑的夢裡，
我認真思考如何殺死鬼魅的哲學命題。
後來，鬼魅變成了一隻巨大的黑狗，
夜裡，我經常躲在房間裡抱著棉被哭。
等到風光明媚的早晨一來，
我就遛著他出門上課。

他睡著時我會替他蓋棉被，
我們常常吵架，
但我很難過的時候，
他總是最先擁抱我。

今晚我又一個人，默默
走到無人的海邊，
思索著海的本質的問題。
那隻巨大的黑狗並沒有跟來，
其實我他媽的恨死他了，
多數時候好想一劍刺死他。

回到家裡後，我打開電視的卡通頻道，
看見黑狗趴臥在沙發裡，睡得好沉好香，

他的眼神溫柔而憂傷，
他越變越小，越變越小，
像一個脆弱的嬰兒，
我把他放在手心裡，
輕輕撫摸他那深邃如宇宙的身體。
那是我第一次真心擁抱他。

陰雨籠罩的季節

疼痛的雨陣中
你試圖走得更快
飛蟻在遠方
展延成路

生活若是一盞
漏盡燭油的燈
何不安坐下來
好好觸摸
黑夜的輪廓

影子從手心滴落你的
表情冷淡。像一張
濕透泛黃的地圖
路徑變得斑駁。疑惑：
沒有得到解答

當窗外街燈逐一地
冷掉。困坐在黑暗之心
陰雨籠罩的季節
有人拉上房間的窗簾。有人
獨自穿越荒野

虛無雪國

一月的雨蔓延成雪
他的胸膛滿是灰燼
火與火把都是
上個世紀的故事了

腹腔裡的大霧
遲遲沒有散去
倒吊雨滴是細鐮刀
削去生機的臟器

為了抵禦虛無
他褪去身上衣物
裸著身徒步穿越
虛無的雪國

灰指甲，火蟲，冰瀑布
檸檬草，檯燈，野莓菸
若對自己無愛
也能成為溫柔的水嗎

——他離開洞穴。
走到憂鬱的雨林邊緣
季節緩緩地醒轉
草木仍舊不語

而薄藍的天空是介於
仁與不仁之間的

輯二

星球潮汐

小熊

樹梢飄落
水銀質地的葉
你是剛睡醒的小熊
融雪後的森林小徑
適宜好好擁抱

我們是什麼關係

你執意追問我：
「我們之間是什麼關係？」

我們是腳印和雪地
冰塊和雨的關係
是糖果和糖果紙
房間和海
的關係

你是天空
我是飛鳥
我們是夜色與檯燈之間
霧的關係

註：致敬　林婉瑜〈草稿和錯字〉

天氣預報

晴

清晰明朗的午後
天空一如既往地乾淨
像我們
從未愛過的樣子

雨

說好不再傷心了
但一想到你
我就忍不住

霧

猜心遊戲
等誰先說出
愛或喜歡

雪

雪人融化以後
只是一灘髒水

jazz的妳

一日將盡
夕陽獅頭上的金毛
撫柔著妳
晴朗如薄餅的肌膚

火候沒拿捏好
把妳烤成了一張
冒煙的
黑膠唱片

天空是曠遠的唱片槽
北極星瘦成一根銀針
妳旋轉旋轉旋轉旋
轉。這嗑了藥的城市還不想睡
夢與雪人
jazz的妳說著愛我愛我

愛你就像愛貓咪

蛛網的雨天
打破一只魚缸
看雨
掙扎死去的樣子

信仰沉默
羨慕簡單的人
在森林裡築一棟
木質的屋
想死的夜晚

燒一些詩句
取暖

貓毛滿室
窗外在綻放雪花
如果整個冬天
不言不語
會變成一顆石頭嗎

這樣冷的雨
流過森林
流過時間

不說一句話的冬日
愛你就像愛貓咪

註：「愛你就像愛貓咪」此句靈感來自於
王小波《愛你就像愛生命》

你在街心點菸

凌晨
3:00
你在街心
點菸。

菸花
一圈一圈
旋轉
像音樂流淌

塗抹豔妝的精靈
成群在你小小的掌心上
跳舞

我們徹夜未眠。
——在街心

清晨
6:00
你點起菸盒裡
最後一根菸

天空極高極遠
數以千計的氣球紛紛
迫降在你的身旁降落

這微涼的城市像極了一座春天的花園。

水月蝴蝶

生冷的鏽門
重新敞開
當冰晶的時間
奶油般散落
你的手心

攜帶純粹行李
前往深山的古寺
寺裡空無一物
唯一隻透明蝴蝶

乍現乍
隱

我們沿著彼此
影子的縫線下山
點燃靈魂濕透的火炬
前方的路蕩漾如
水月裡的碎花

「我們仍會安然抵達嗎」

有些人只是孤單只好隨意找個人來愛

有些人太容易受傷
只好努力鎖緊
心上的螺絲
將最珍貴的貝殼
與溫柔的海洋
留給真心的彼此
但他們的心很窄很窄
每一道門上都緊緊鎖著

有些人的心是草原
可以同時照顧許多人
他把最珍貴的東西
藏在城堡最隱祕的閣樓裡
除了付出，他更渴望被愛

有些人是森林
一進入口就要迷路
森林豐沛但危險。
脆弱而自卑的小孩
就躲在月光照不到的角落
靜靜地哭
他在等待有人

願意給他一個
溫暖的擁抱

有些人是飛鳥
有些人嚮往酒
有些人無法愛人
有些人無法愛自己
有些人就只是孤單
只好隨意找個人來愛

什麼時候我們才能一起在那裡種植屬於我們的玫瑰

只是想向你坦白
我不是你想像的那種
擁有美麗風景的人
我的海
沒有會唱歌的珊瑚
沒有萌萌的小丑魚
但我的海終年不結冰
洋流也總是暖暖的

告訴你一個祕密，其實……
每個想你的夜晚
我都偷偷潛進你夢裡
種植大麻
請幫我耐心照料它們
我不會告訴你
長出的每個葉片上
都刻滿了
我懷裡的星光

我用一台超級無敵抽水機
抽空了我的海
摀著鼻子忍受
噁心的魚臭味

從腐爛的海草裡
徒手挖出，我的
心

我會把它洗乾淨
偷偷藏在一顆
未被命名的星球裡
太空船我都準備好了
什麼時候你才答應讓我
探索你的未知

叮咚叮咚，有人在嗎
你睡了嗎，其實……
我只是想告訴你

我買下了
整座蔚藍的天空
只是想問問你
什麼時候我們才能一起在那裡種植屬於我們的
玫瑰

獨自一人的房間

深夜。一場致災的暴雨
蝗蟲般洗劫這座城市
（隔夜冷食
　積塵的威士忌酒
　抽屜裡的濕軟票根）
房間恍然睜開久寐的眼睛
獸的身體，神的臉龐
步步進逼：

（你驚惶地藏進
　時光破裂的銀瓶裡）

破裂的你一直是這樣愛著的：
如一座24小時永不熄燈的商店
靜默、純粹、孤獨
那麼溫暖明亮
那麼輕易地就被取代

駝背

身後無光的暗處
每一節車廂裡
都珍藏著我們
楓糖的時光

後來
那些楓葉變黃
糖都變成沙粒
軌道鏽蝕歪斜
列車如骨牌傾倒

我再也馱不住你
影子
的重量

恐怖情人

我沿著你不小心
遺落的麵包屑
一路走到森林深處

你的小木屋
沒有窗與門
你正安心做著
黑暗的夢

我偷偷潛入
你夢裡

把寫給你的信
捲成一朵雲

等你夢醒
就會看見
落下的雨
都變成星星
當你想念我時
就吃掉一顆

我要你的心裡
都裝滿了
我不小心遺落的
心的碎片

我想你已經走遠

01

沙發是下陷的城
發酵失敗的夢
鬆垮、酸腐如
綿軟的蛋糕。

02

霧氣蒸騰的浴室
摸不透鏡後的心
如果連擁抱都是冷的
只好與自己保持距離

03

倒入滾燙的愛情
花瓣與草葉牽起手
唱著一首輕柔的歌
加一匙蜂蜜，攪拌

白淨的玉瓷握在手心
以為就要擁有
全世界的幸福
但握得太緊的兩雙手
讓彼此都燙傷

04

舊大樓裡廢棄的電梯
持續下墜——下墜
終於墜毀在心的暗室

05

冬夜的針葉林
結上新霜
我卻還在惦念夏天
你是薄荷的貓
走的時候很輕、很涼
溫柔像一整個宇宙
無聲的心跳

飛蛾二首

飛蛾撲火
捨不得再讓你受傷
我只好讓自己暗下
漸漸也忘記自己
曾是予人溫暖的人

飛蛾撲水

她是霧之貓
他是靜電毛衣

他喜歡靜定看落花流水
她喜愛絢麗的耳環煙火

她的語言嚴謹如商業的企劃
他偏愛蜿蜒歧路的黑豹繁花

他摺疊如一把拘謹的傘
她特愛法式深吻與裸睡

她熱衷於捏碎千層派的快感
他很樂意扮演好英文字母M

他是潮濕的小溪木屋
她乾燥如星辰的夢步

她的山是掌紋
他的海是眼波

她是飛蛾
但他是水
飛蛾撲水
水溺死蛾

註：「霧之貓」靈感出自於，洪春峰詩集《霧之虎》

耵聹栓塞

你說的每句話
我都牢牢記著
小心翼翼摺疊在
臉頰兩旁的宇宙

每想你一次
就有一顆星球
誕生。他們手牽著手
團結起來，壅塞住
記憶的暗巷

暗巷低頭悵惘
火蝴蝶的黃昏
烏雲抱不緊
一顆
名為愛情的
螺絲
摔下來

摔下來
心的漣漪
越漾越大
我疼痛得

幾乎要聽不見
自己的聲音

註：「盯聹栓塞」為醫學名詞，意指耳垢太多而阻塞住外耳道
會有耳痛、耳鳴、暈眩、聽力下降等症狀

右邊的臉頰

左邊的臉頰問：
還疼痛嗎
（一百隻小鹿在森林的呼嘯裡變成斷腿的獨角獸）
瀑布神經
從天空的縫隙
沿著記憶的斷層
像雲霄飛車
俯衝而下

散落的尖針，如暴雨
挑逗著陽光的書頁

我該如何向你詳訴
一顆星球蘊藏的生機
與潮濕的腐敗

左邊的臉頰
浸入午夜的雨聲
心縮得小小的
像紅酒的瓶口
渴望親吻與暖

放涼自己
夜色的殘渣
像軟木塞
堵住話語

靠近或離開
都是一種傷害

赤裸的鏡子
看著我
不動聲色
像理智的神
左邊的臉頰頻頻問著：
還痛嗎，還好嗎

我看著自己
臉頰中間的裂縫
決定就把你
安放在那裡

我們破敗的城池

無限消薄心裡那座
夜色極濃的城
讓愛過的痕跡
成為歷史

我願意放棄整座王朝
只求忘記痛苦
趁著時光尚未甦醒
逃過愛的拘捕

歸隱在某顆星球
我日日栽種
光的芽苗
灌溉溫暖
期許祂能長成
快樂的天使

陽光輕躺在
葉的海面
白色的花開如浪
我偏著把頭靠近
想聽懂香氣裡
腐爛的樂音

（但愛已追捕到我的農莊
此時，天色完全暗下來）

燒完最後的柴薪
讓愛的幻覺延續
我們破敗的城池
如今只剩我一人留守
我也還沒學會
好好去擁抱
黑暗的溫柔

我們軟弱卻佯裝溫柔

我們練習夜色的單音
只為安放散落的心
大霧在夢裡，節節敗退
陽台的多肉植物
因連日大雨而死去

我們的溫暖何其孤獨
擁抱以後各自散去
各自啟程，各自前往
未知的遠方

收束記憶的毛線
成為心上殘忍的補丁
我們軟弱，卻佯裝溫柔

「看過天氣預報了嗎？」

房間久未打掃，家具
的影子。無人在意也無須理會
日光燈管總在閃爍時
才會有人意識到它的存在

不再去想
帶不帶傘出門的問題了

就像天氣預報經常失準
而我還是一如往常地孤獨
一如往常地
不說愛你

我們是冬季裡的候鳥

（我們是冬季裡的候鳥，
渴求溫暖而改變自己的航道，
最後卻讓彼此都受了傷。）

蟻蟲列隊搬運著
時光的豔花
夢裡我放牧一隻
黑暗馬。
餵養牠以銀質的血

無光的夢如霜
紅泥的菸星
反覆囁嚅著那些
死透的事物

孤島。

終年下著大雪
羽絨的樹緊緊抱住自己
一顆乾枯的星球

冰冷
透明
我想，是不會有人願意轉動它的。

愛情拼盤

生雞蛋的早晨
培根的夢還在床上
帕滋帕滋地，慾望著
那屬於我們的
愛情沙拉
至今我還未曾吻過

我們曾並肩走過
擁擠的雨巷
把溫暖的起司黃昏

擁在懷裡
在心裡塗抹
各自的想像。
此刻雨停了
你收攏手中的傘
那無意間飛濺出的雨滴
都滴傷了你我

失眠的夜晚
我承認自己想你了
遂以星星之火的思念
耐心熬煮著
海蔘的夜空
那溫柔而柔軟的夢啊

年輕的我們
曾以為那就是永恆了

如今夢醒
扎在心上的
卻都是尖刺

時差

午夜的街口
時間的貓
冷成雪花

想念是水霧
心底的山路蜿蜒
我把整座山頭都捻熄了
只留下一盞街燈

剖開時鐘的肚子
陰影的伏流
博動如暈眩的靜脈。
失控的斑馬
在荒原瘋狂繞圈

胸口微凸的隱刺
是你親手種植的秒針
鐵屑是火的灰燼
票券的字跡斑駁
年久失修的時差
如視網膜剝離的眼
飛蚊成為我們
身上的印記

「你會來見我嗎？」
我把整座山頭都點亮了
又把整座山頭
捻熄

反覆練習末日
輯二　星球潮汐

都只是錯覺

我是洗衣機裡一塊破敗的布。

身上纏滿
黑色纖維、
果凍觸感的
繽紛蕨類。

風暴的核心
漩渦的蟲在身上
鑿洞。我厭惡
自己的醜惡

你打開陰鬱的井，攤平我的皺褶將我拎起
服貼在你胸膛，以金黃的麥浪安撫我的膽怯
以語言的蜜蠟溫柔擦拭我

（晚間的天氣預報說：
明日晴朗無雲
適宜好好愛人）

明亮午後
等不到你來
頂樓曬衣架
曝曬的死。

從沒好好說再見

落下的雨
不會都遇到溫柔的掌心
曾陪你說心事的
都漸漸離開
你的心室

喜歡自己像愛一個人
一樣艱難
寫下再多的詩
生活依舊沒有變好

清晨像青瓷一般美好
只是想和你說些
無關緊要的小事
例如：最近
巷口的流浪貓
都不來庭院裡了

我為他們準備了，豐盛的
微小的愛
只是他們都不來了

日末習練覆反

輯二　星球潮汐

輯三

深淵甦醒

默

01

久逢的大雪降在
褪色的荒原
日子是刀
溫柔刺進
心的硬土

02

你的沉默是陰鬱的交響樂

03

將棉花與鹽
縫進身體裡
這樣柔軟地
痛
讓我感覺活著

04

黃昏散步
街燈剎那亮起
身上無數破碎的孔洞
遂被溫柔地縫補起來

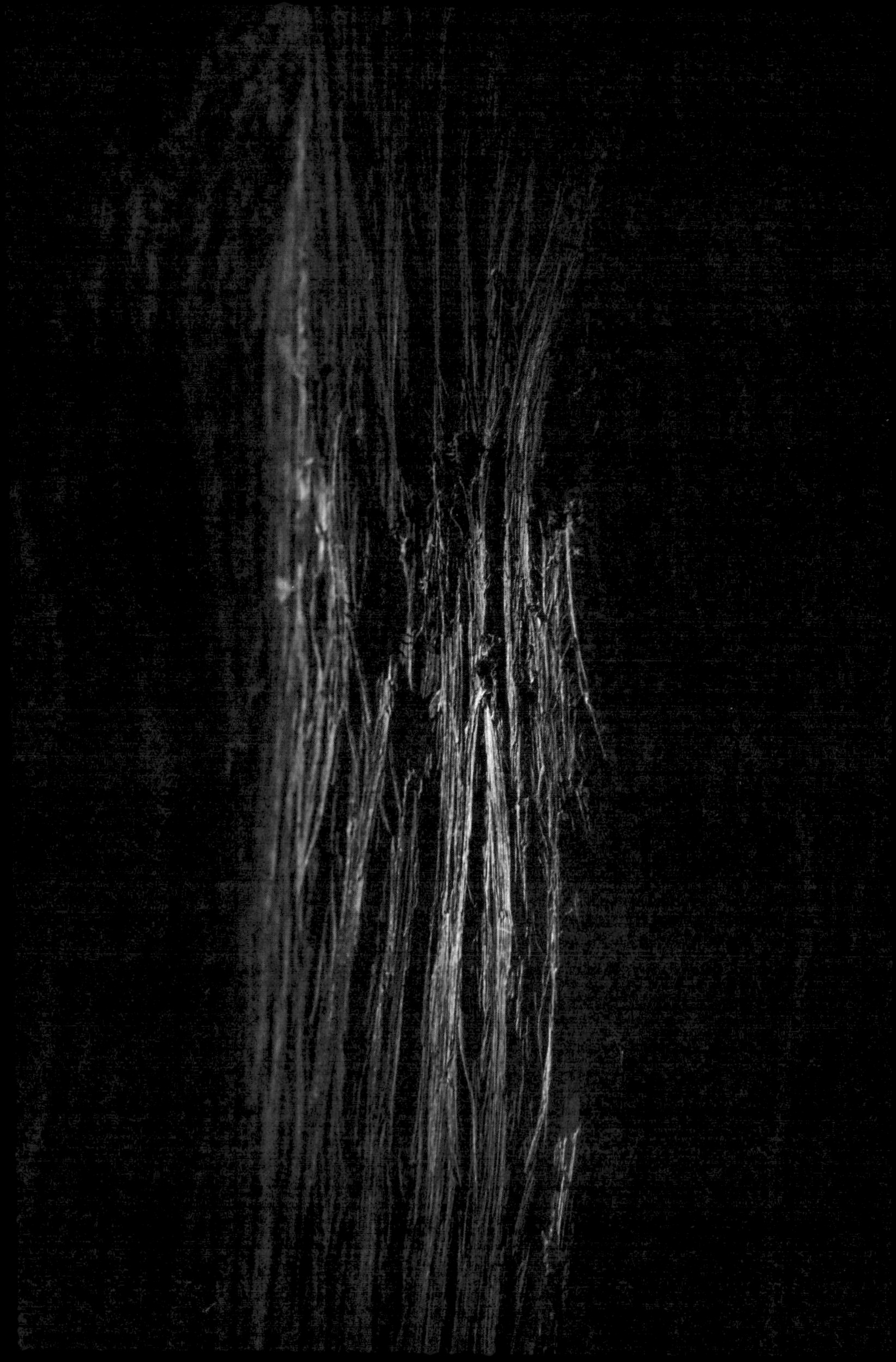

碎

01

酒杯許久沒有被填滿
練習減法的生活終究
佈滿裂痕

02

你摔碎肋骨裡的鏡子
手裡緊握一顆
眼睛裡充血的月亮

03

他們在你的喪禮上
悼念。而你虔心祈禱
能有光明稍稍愛你

枯木

01

綴滿銀色水鑽
黑夜的禮服
正緩緩
經歷腐爛

02

倘若失去痛苦
我還是活著的嗎

03

黃昏下
霜雪靜靜搖晃著

04

閃電——墜毀荒野

166
167

我害怕灰燼

01

趁妳睡去時
偷偷垂釣
妳髮梢的星星

02

妳點菸的樣子多好看
我閉上眼睛。我害怕
灰燼

03

星球死去的海灘
一隻被遺落的鞋
坐在岸上

註：「01」小詩意象化用於，羅智成〈觀音〉

反覆練習末日

01

不再澆水了
庭院裡
你讓那些花
枯掉、爛掉
它們卻遲遲
沒有死。

02

月台暈眩
誤點的夕陽
倒勾在心
的屋簷
你爬上梯子安撫
黑暗終於
壓破下來了

03

切開肋骨
把內臟依序遞給你
麻醉退了以後
你沒有替我
縫回身體

04

一條牛仔褲
洗了再洗
終於褪色

一個傷口
縫了再縫
終於破洞

05

抱緊身上的刺
反覆練習末日

無題1

01

月亮冷掉
夢是破碎的湖
他醒來
獨自走進山裡

02

秉燭夜遊
看流水、落花
死去的
街道盡是
人皮燈籠

03

叩問溪邊的石頭：
愛的反面是什麼

石頭沉默
星光滿天

04

有時候感覺自己
像是月亮的背面
碎掉的雲
化為水氣

無題2

01

生之痛與重
藏起來
予人溫暖的春天
夜裡。靜默地
顫抖

02

相戀時我們
綿密如雨的叮嚀
敲響著彼此
靜好的日常
但棉花糖融了就是融了
你那裡的天空
還有雲在逗留嗎？

03

金幣之陽
傾斜暈眩的
迷幻星城。
秋天愈來愈深
紫狐般的巫師
執迷於召喚
鳳凰之夢

無題3

01

裂縫的花瓶終於
碎掉
沒有水
花瓣會死
但花不會

02

長黴的天空
漸次收攏光線
愛你黑暗的天空
即使它在腐爛

03

沒有任何動筆的欲望了
除了想寫信給你
沒有想點亮任何一盞燈了
除了你心裡那盞

溫柔

01

螢火蟲在森林裡
與月神共舞
願你在沙漏的夢裡
有斑馬溫柔的耳語

02

當你垂落那頸後的銀河
星星是炫幻的餌

我便願做一條魚了
從此安居在你懷裡

03

不願再走那一條街了
寧願繞一條稍遠的路
也許繞著繞著就會
繞回你心裡

04

鮮花腐敗後
芬芳殘留於棉被

你走了以後
感覺你還在

05

我會接住你
每一個瀕危的呼吸
並且替你復甦一劑
綻滿野花的春天

反覆練習末日
輯三　深淵甦醒

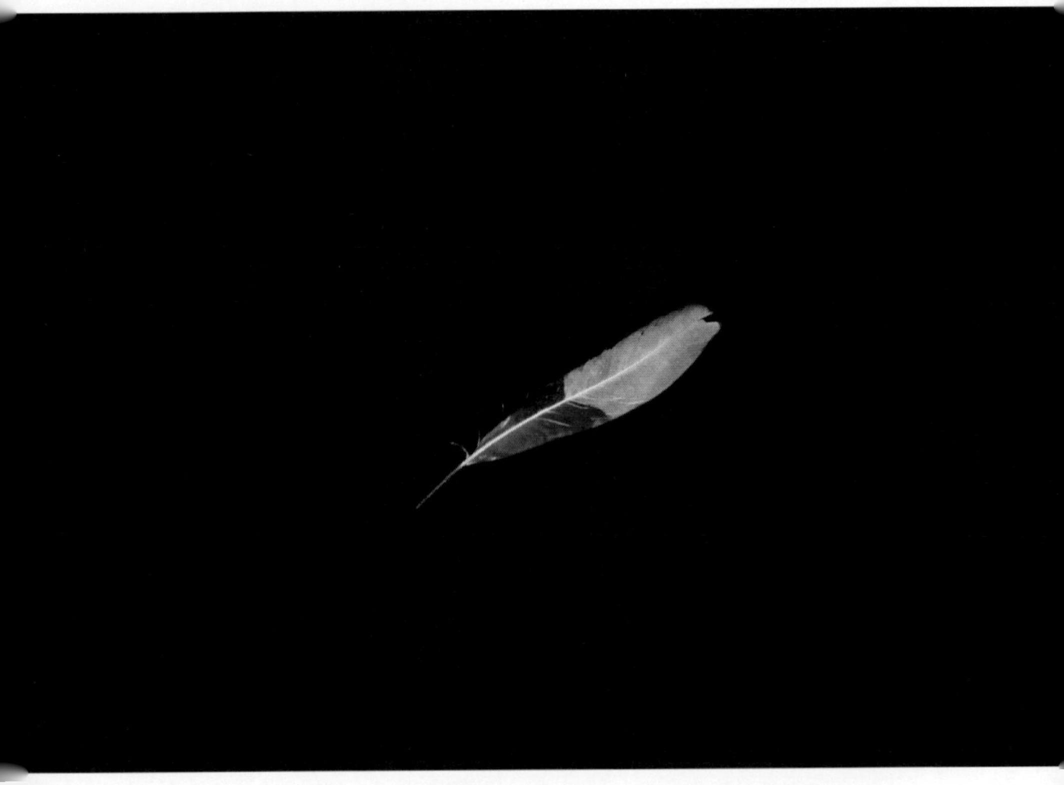

反覆練習末日
輯三　深淵甦醒

擁抱

01

無人的碎石子路
一雙貓眼裡揚起
閃爍的彩沙

02

星空中的海馬
緩下腳步

呢喃輕吻柚樹上
那青玉一般的愛情

03

讓心靜默成一顆溫柔的化石

04

若你是森林
我願是月光
若你是森林之夢
我願是夢裡的灰燼

05

我的心是一座草原
願以一杓暖風吹響
春天的交響樂

06

當黃昏碎成水霧
一座絢麗暈眩的紙迷宮
剎那化為金粉

07

你錯了
就算不撐傘
讓人受傷的也從來不是雨

08

冬日的森林
一隻銀狐落下的淚
旋轉成一座
潮濕的星系

09

擁抱陽光擁抱雪
擁抱羽毛擁抱霧

後記

「抱緊身上的刺
反覆練習末日」

對於失去健康但仍想延續生命的人而言。
多麼希望明天不是自己的末日、不是生命的終點。

對於有心理疾病或內心失衡的人而言。
活著的每一天都像是「末日」，活著的每一天都渴望著明天就是末日。

這本詩集裡的55首詩，記下了那些，孤單無光的日子、無助的漫長夜晚、那些溺水於漩渦黑洞無法逃離，內心失衡的種種痛苦。

希望有天，你能不再渴望末日，不再掙扎著如何在「末日」裡，好好地活著。

希望有天，你能接納與擁抱自己身上的每一根尖刺，並且能夠，勇敢地溫柔愛人。

語言文學類　PG2306　秀詩人68

反覆練習末日

作　　者／王信益
攝　　影／朱修仁
責任編輯／徐佑驊
圖文排版／周好靜
封面設計／王嵩賀

發 行 人／宋政坤
法律顧問／毛國樑　律師
出版發行／秀威資訊科技股份有限公司
114台北市內湖區瑞光路76巷65號1樓
電話：+886-2-2796-3638　傳真：+886-2-2796-1377
http://www.showwe.com.tw
劃撥帳號／19563868　戶名：秀威資訊科技股份有限公司
讀者服務信箱：service@showwe.com.tw
展售門市／國家書店（松江門市）
104台北市中山區松江路209號1樓
電話：+886-2-2518-0207　傳真：+886-2-2518-0778
網路訂購／秀威網路書店：https://store.showwe.tw
國家網路書店：https://www.govbooks.com.tw

2019年10月　BOD一版
定價：260元

國家圖書館出版品預行編目

反覆練習末日 / 王信益著. -- 一版. -- 臺北市 :
秀威資訊科技, 2019.10
面；　公分. -- (語言文學類 ; PG2306)(秀詩人 ; 68)
BOD版
ISBN 978-986-326-745-4(平裝)

863.51　　108017051

讀者回函卡

感謝您購買本書，為提升服務品質，請填妥以下資料，將讀者回函卡直接寄回或傳真本公司，收到您的寶貴意見後，我們會收藏記錄及檢討，謝謝！如您需要了解本公司最新出版書目、購書優惠或企劃活動，歡迎您上網查詢或下載相關資料：http:// www.showwe.com.tw

您購買的書名：________________

出生日期：________年________月________日

學歷：□高中（含）以下　□大專　□研究所（含）以上

職業：□製造業　□金融業　□資訊業　□軍警　□傳播業　□自由業
　　　□服務業　□公務員　□教職　□學生　□家管　□其它_____

購書地點：□網路書店　□實體書店　□書展　□郵購　□贈閱　□其他

您從何得知本書的消息？

□網路書店　□實體書店　□網路搜尋　□電子報　□書訊　□雜誌
□傳播媒體　□親友推薦　□網站推薦　□部落格　□其他__________

您對本書的評價：（請填代號　1.非常滿意　2.滿意　3.尚可　4.再改進）

封面設計____　版面編排____　內容____　文／譯筆____　價格____

讀完書後您覺得：

□很有收穫　□有收穫　□收穫不多　□沒收穫

對我們的建議：________________

____

____

____

請貼
郵票

11466
台北市內湖區瑞光路 76 巷 65 號 1 樓
秀威資訊科技股份有限公司 收
BOD 數位出版事業部

....

（請沿線對折寄回，謝謝！）

姓　　名：____________________　年齡：________　性別：□女　□男

郵遞區號：□□□□□

地　　址：____

聯絡電話：(日)______________________(夜)______________________

E-mail：____